Max y Elle

y sus Aventuras con la Electricidad

Por: Duncan Watt

dile hola a

Max

y también a

Elle

Max y Elle

y sus Aventuras con la Electricidad

por: Duncan Watt

La **electricidad** está en todos lados,
es parte de la naturaleza.

Pero no puedes **verla**,
ni olerla,
y tampoco puedes saborearla.

La utilizamos en nuestras **casas** y en nuestras ciudades. ¡La electricidad puede ser usada para casi todo!

¿Qué es la Electricidad? Es el flujo de pequeñas partículas conocidas como protones y electrones que se mueven entre distintos lugares. Las primeras personas en hablar de electricidad fueron los **egipcios** alrededor del **2750 a.C.**, cuando recibían descargas de anguilas en el Río Nilo.

Max y Elle
son mejores **amigos**.

Aman la **naturaleza**
y tener muchas aventuras.

Un día Elle le dijo a Max,
– Viene una tormenta y veo un cometa ahí arriba. –
Entonces Max animado le respondió,
– ¡Investiguemos y que sea nuestra **aventura**! –

¿**Cómo representamos la Electricidad?** Como no puede ser vista, científicos la han representado de muchas formas. En **1876**, **James Maxwell** las representó usando fórmulas matemáticas conocidas como las Ecuaciones de Maxwell (Max & Elle).

De repente Max y Elle
escucharon truenos y luego
relámpagos cayeron.

Entonces **chispas** bajaron
yendo hacia una llave en un jarro.

⑧

Con una llave iluminada en su mano,
vieron al **Sr. Franklin** sonreír.
Y luego les contó a los dos,
– !Esto es electricidad que se está **moviendo**! –

¿Por donde la Electricidad se mueve? La electricidad fluye por cables y alambres de metal, parecido a como el agua lo hace por una manguera. En 1752, **Benjamín Franklin** lo demostró con su experimento con un cometa, ¡Pero no lo hagas, es muy peligroso!

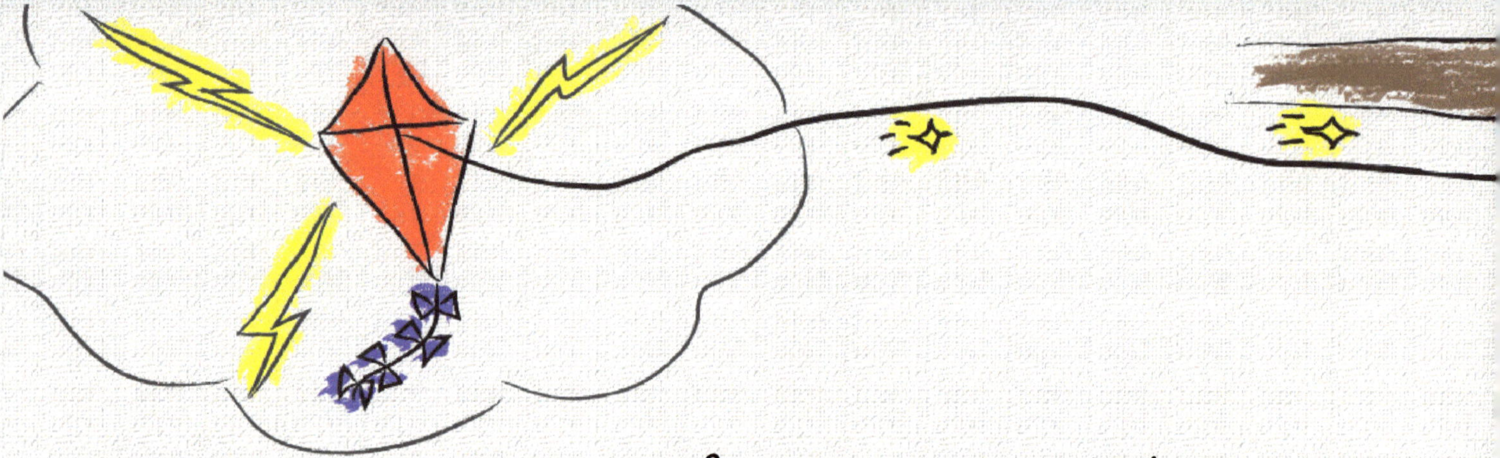

– Uf, estoy muy mojado, –
el Sr. Franklin dijo.
– Vayamos a la casa del Sr. Edison,
así tendremos **luz y abrigo.** –

Cuando entraron a la casa,
ambos vieron que la sala
estaba muy iluminada.
- Es por mis **ampolletas**, -
el **Sr. Edison** sentado les explicaba.

¿Cómo funciona una ampolleta? Cuando la electricidad pasa por algunos materiales, éstos emiten luz que llamamos fotones. En **1879**, **Thomas Edison** fabricó la primera ampolleta eléctrica para uso comercial, y con ellas tenemos luz y abrigo hasta hoy.

Cuando salieron de la casa del Sr. Edison,
la tormenta había terminado
pero las ampolletas aún brillaban.
– ¿Pero cómo siguen **encendidas?** –
Elle y Max se preguntaban.

– Por favor entren y visiten mi campo, –
El **Sr. Volta** les dijo.
– Con las **baterías** que fabrico,
tenemos electricidad para el día entero. –

¿Podemos almacenar Electricidad? Por si sola la electricidad no puede guardarse como la comida o el agua, ella debe ser transformada en otra forma de energía. En 1800, **Alessandro Volta** creó la primera batería llamada la "Pila Voltaica" almacenando electricidad cómo energía química.

Max y Elle se sentían bastante **cansados**
al dejar el campo del Sr. Volta.
Entonces un carro extraño se detuvo frente a ellos,
que tenía un motor en sus neumáticos.

– Mi carro usa un **motor eléctrico**, con él voy para todos lados. –
Les dijo el **Sr. Faraday**.
– ¿Necesitan ir a algún lugar? Los puedo llevar si quieren.

¿Cómo funciona un Motor Eléctrico? Los motores eléctricos son construidos con imanes y bobinas, y al circular electricidad, giran ayudándonos a mover muchas cosas. En **1821**, **Michael Faraday** creó el primer motor eléctrico y en 1855 Anyos Jedlik nos presentó el primer carro eléctrico.

15

– ¡Olvidamos avisar esta aventura a nuestros padres! –
Max y Elle exclamaron cuando el Sr. Faraday los dejó.
Pero luego vieron una pareja **hablando** con una caja,
y curiosos para allá fueron.

- Usen este **teléfono** y llamen a sus padres, –
el **Sr. y Sra. Bell** convidaron.
- Gracias, ahora sabrán donde estamos, –
Max y Elle
alegremente comentaron.

RING RING!

BLA BLA

¿Cómo logramos hablar por Teléfono? Ellos nos permiten convertir nuestras voces en electricidad para luego viajar grandes distancias y al otro lado nueva-mente transformarlos en sonidos para ser escuchados. En 1876, Alexander Bell fabricó el primer teléfono y con él ahora conversamos con todo el mundo.

Después de agradecer a los Bell,
Max y Elle comenzaron a escuchar **música**.
Pero ninguna banda estaba tocando
y nadie se veía cantando.

18

– Por Favor vengan a mi fiesta
y si quieren pueden bailar.
– La música viene de mi **radio**, –
el **Sr. Marconi** les dijo alegremente.

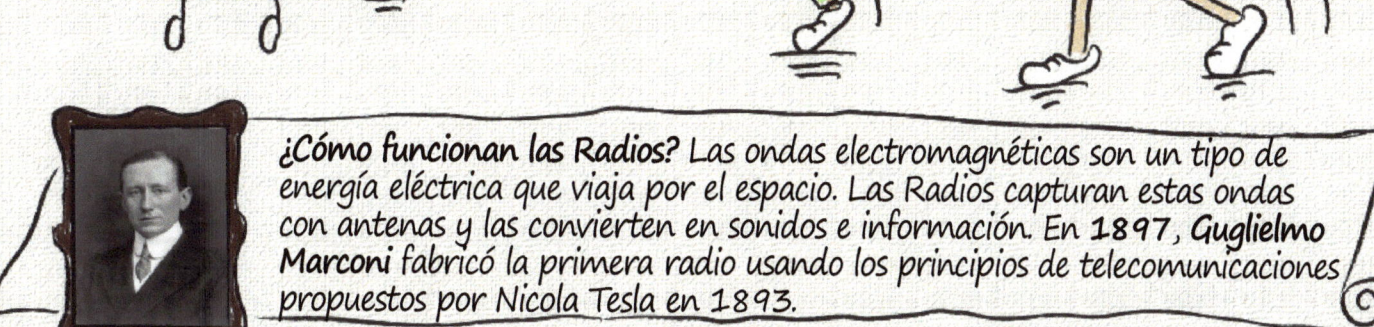

¿Cómo funcionan las Radios? Las ondas electromagnéticas son un tipo de energía eléctrica que viaja por el espacio. Las Radios capturan estas ondas con antenas y las convierten en sonidos e información. En 1897, Guglielmo Marconi fabricó la primera radio usando los principios de telecomunicaciones propuestos por Nicola Tesla en 1893.

Max y Elle sentían un poco de hambre
después de bailar con el Sr. Marconi.
Luego desde la cocina de al lado
un aroma a deliciosa **comida** los llamaba.

– Entren y coman conmigo, – el **Sr. Spencer** los invitó.
– La comida salió de mi **horno microondas**, y está muy sabrosa. –

¿Cómo cocina un horno microondas? Ellos usan ondas electromagnéticas específicas las que calientan el agua adentro de la comida. En **1947**, **Percy Spencer** lo descubrió accidentalmente cuando los dulces que tenía en su pantalón se derritieron mientras trabajaba con antenas, y luego hizo su primera comida que fue palomitas de maíz

Elle y Max quedaron bien satisfechos
después de comer con el Sr. Spencer.
Entonces, desde la otra habitación
vieron que una **película** estaba comenzando.

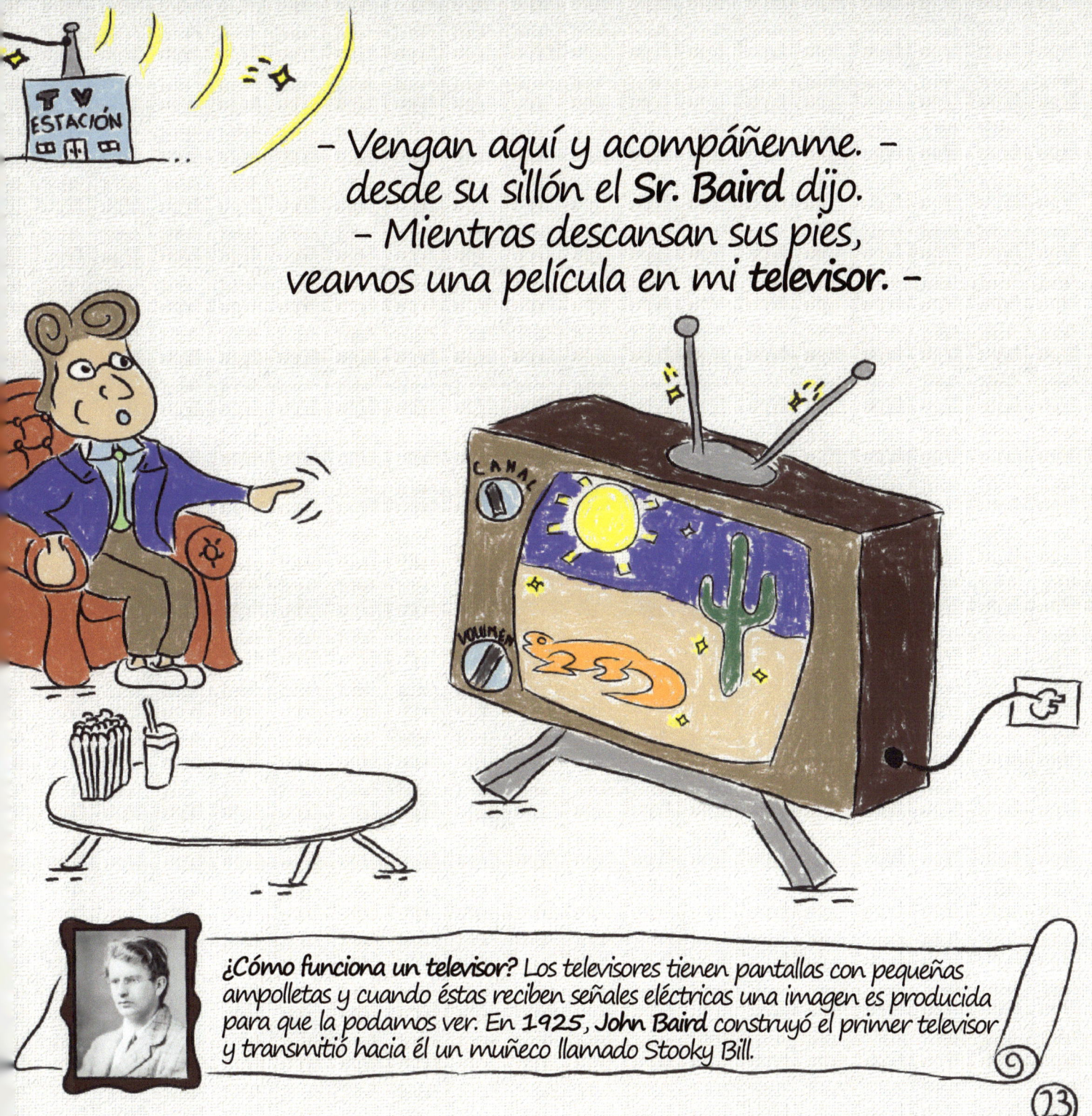

– Vengan aquí y acompáñenme. –
desde su sillón el **Sr. Baird** dijo.
– Mientras descansan sus pies,
veamos una película en mi **televisor.** –

¿Cómo funciona un televisor? Los televisores tienen pantallas con pequeñas ampolletas y cuando éstas reciben señales eléctricas una imagen es producida para que la podamos ver. En **1925**, **John Baird** construyó el primer televisor y transmitió hacia él un muñeco llamado Stooky Bill.

Una vez que terminó la película dejaron al Sr. Baird.
En eso Max y Elle se dieron cuenta
que las cosas que tenían
estaban muy **grandes y pesadas**.

– ¿Qué podemos hacer para llevarlas? –
los dos se preguntaban.

Laboratorio

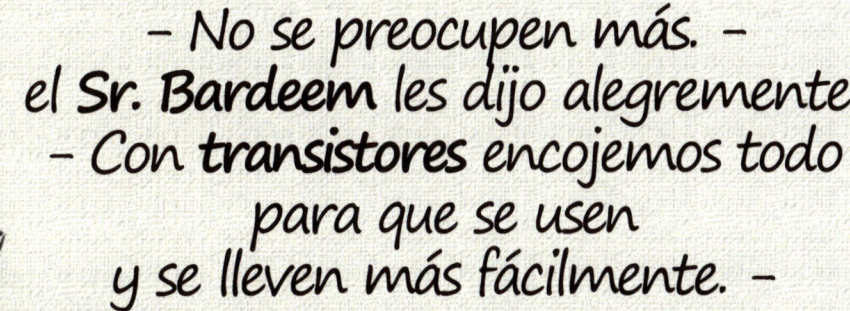

– No se preocupen más. –
el **Sr. Bardeem** les dijo alegremente.
– Con **transistores** encojemos todo
para que se usen
y se lleven más fácilmente. –

Transistor

←Entra   Sale→

¿Qué hacen los transistores? Ellos permiten que los equipos utilicen muy poca electricidad y así hacerlos mucho más pequeños y transportables. En 1947, **John Bardeem** y un gran equipo lo inventaron estos componentes haciendo más fácil nuestras vidas.

– ¡Olvidamos hacer nuestros **deberes**! –
Elle exclamó mientras se alejaban del Sr. Bardeem.
– ¿Y ahora qué podemos hacer? –
dijo Max muy preocupado.

$1 + 1 = ?$

$2 + 2 = ?$

$3 + 3 = ?$

$4 + 4 = ?$

– Amigos, por favor, entren aquí. –
la **Sra. Hopper** les dijo
desde la sala de clases.
– Usen mi **computador** para sus deberes,
los ayudará a terminarlos. –

¿Cómo funcionan los computadores? Éstos usan programas llamados – Software –, que nos permiten hacer cálculos matemáticos, escribir, escuchar música y hasta ver películas. En **1944**, **Grace Hopper** escribió el primer software para un computador electrónico transformando en muchas formas cómo hacemos cosas hoy en día.

Mientras agradecían a la Sra. Hopper,
Max y Elle recordaron que hoy
era el **cumpleaños** de su amigo.
– ¿Cómo podemos saludarlo?, –
ambos se preguntaron.

- No se preocupen, -
la **Sra. Lamarr** calmadamente les dijo.
- Usen el **Modem WIFI** y conéctense
a Internet y juntos celebremos con él. -

 **¿Qué es un Modem WiFi?** Es un aparato que permite que equipos electrónicos hablen entre sí, transmitiendo información que llamamos bits - sin la necesidad de cables y a través de Internet. En la **década de los 40**, **Hedy Lamarr** desarrolló esta tecnología y si no saben, también fue actriz de películas.

Al saludar a su amigo junto con la Sra. Lamarr,
un teléfono con antena comenzó a sonar.
Elle y Max al recogerlo preguntaron,
– Aló, ¿Quién está **llamando?** –

– Soy yo, la **Sra. Jackson**,
desde mi **teléfono móvil** los estoy llamando.
Hay un día hermoso afuera.
¿Les gustaría salir a jugar un rato? –

¿**Cómo se comunican los teléfonos móviles?** Ellos utilizan muchas antenas en las ciudades y en el campo. Con ellos podemos hablar con todos y desde cualquier parte. En la **década de los 70**, **Shirley Jackson** inventó varias tecnologías para teléfonos móviles, inclusive la identificación de llamadas que usamos mucho en ellos hoy.

Después de jugar afuera
Elle y Max volvieron **a casa**.

Luego cambiaron **ampolletas**
y recargaron varias **baterías**.

Una vez que terminaron,
hicieron palomitas en el **microondas**.

Escucharon música en la **radio** y también vieron **televisión**.

Después, conversaron usando **computadores** conectados a **Internet**.

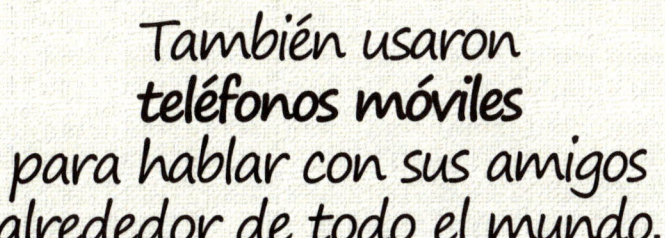

También usaron **teléfonos móviles** para hablar con sus amigos alrededor de todo el mundo.

Pero a veces, sus amigos
usando computadores y teléfonos
se burlaban de ambos.
Haciendo que Max y Elle
se **enojaran mucho.**

Otras veces,
Max y Elle no encontraban
amigos para conversar.
Entonces eso les daba pena
y muchas ganas **de llorar.**

Pero al final del día,
¡algo estaba **muy mal**!

Max y Elle se sentían solos
olvidando sus aventuras
y todo lo que habían aprendido.

De repente la electricidad se detuvo,
y todo quedó en **oscuridad**.
– ¿Qué hacemos ahora? –
Max y Elle ahora se preguntaban.

Cuando se miraron a los ojos,
los dos recordaron:
– ¡Afuera está la **naturaleza**,
salgamos y tengamos nuevas **aventuras**! –

Fin

Notas para padres y adultos:

Este libro representa un viaje a través de la historia de la electricidad y el electromagnetismo usando conceptos simplificados e invenciones que utilizamos hasta hoy.

Siempre recuerden que la electricidad is muy peligrosa y que hacer contacto con ella puede ser muy dañino tanto para adultos como a niños. Algunos dibujos muestran actividades y experimentos, pero éstos deben ser realizados con mucho cuidado y siempre bajo la supervisión de un padre o adulto responsable.

También este libro hacer reflexionar tanto a adultos como a niños acerca de cómo utilizamos la tecnología y cuán dependientes somos de ella. Hay tanto para ver en la naturaleza pero tendemos a olvidarnos de ella.

Acerca del Autor:

Desde que era pequeño la electricidad me ha maravillado. Se siente como magia, haciendo muchas cosas posibles a partir de algo que es invisible.

Para mi, veo a los científicos e inventores que hicieron éstos descubrimientos como grandes hechiceros que lograron llegar a las respuestas y construir éstas maravillas que usamos hasta el día de hoy.

Quiero agradecer a Lucilia, a mi familia, mis sobrinos, amigos y amigas, los que me han inspirado a crear este libro.